www.tredition.de

AF178523

Sabine Wiesmayer

Deutsch
Lesen lernen 1

www.tredition.de

Verlag und Druck: tredition GmbH, Halenreie 40-44, 22359 Hamburg

ISBN
Paperback: 978-3-347-06114-9

Inhalt   Seite

Anna

Das ist Anna:

Anna hat Mama und Papa.

Anna hat Oma und Opa.

Und Anna hat einen Bruder.

Alle wohnen im Dorf.

Alles ist gut im Dorf.

Mama und Papa haben eine Bäckerei.

Sie backen Brot.

Sie backen gutes Brot.

Sie backen viel Brot.

Sie backen Brot für alle im Dorf.

Sie backen das Brot in der Nacht.

Jede Nacht backen sie viel frisches Brot.

Am Tag kommen alle und kaufen es.

Sie verkaufen viel Brot.

Alle essen das Brot sehr gern.

Anna ist 14.

Es ist Krieg.

Annas Bruder wird Soldat.

Er muss weg.

Das ist schrecklich.

Anna ist traurig. Sie weint.

Annas Mama ist traurig. Sie weint.

Annas Papa ist traurig. Er weint.

Annas Oma ist traurig. Sie weint.

Annas Opa ist traurig. Er weint.

Es ist schwer.

Das Leben ist nun sehr schwer.

Alles ist schwer.

Alles ist anders.

Alle sind anders.

Anna muss arbeiten.

Sie arbeitet in der Bäckerei.

Sie arbeitet sehr viel.

Mama und Papa und Anna backen Brot.

Sie backen Brot für alle im Dorf.

In der Nacht backen sie frisches Brot.

Am Tag kommen alle und kaufen das Brot.

Anna macht es gern.

Sie macht es sehr gut.

Dann ist der Krieg aus.

Alle sind sehr glücklich.

Alles wird wieder neu.

Alles wird wieder gut.

Alle arbeiten viel.

Anna hat eine Idee.

Sie hat eine gute Idee.

Sie will mehr verkaufen.

Sie will ein Geschäft.

Sie macht ein Geschäft.

Sie macht ein Geschäft auf.

Sie hat das Geschäft im Dorf.

Sie hat Brot, Gemüse, Obst und Seife.

Alle kommen.

Sie kaufen alles.

Anna macht es gut.

Sie macht es sehr gern.

Die Damen kommen jeden Tag.

Die Damen kommen, kaufen ein und reden.

Sie reden gern mit Anna.

Das ist gut.

Alles ist gut.

Anna ist glücklich.

Anna heiratet Max.

Max ist Polizist.

Sie bekommen Inge.

Nun arbeiten Anna, Max und Inge im Geschäft.

Sie arbeiten gut. Sie arbeiten gern und viel.

Anna ist die Chefin.

Sie ist nett.

Sie ist ruhig.

Sie ist tüchtig.

Sie ist ein guter Mensch.

Sie hat ein gutes Geschäft.

Sie macht ein gutes Geschäft.

Sie ist eine gute Geschäftsfrau.

Sie liebt das Geschäft.

Sie hat alle gern.

Alle Damen aus dem Dorf kommen jeden Tag.

Das ist Annas Leben.

Das ist Annas gutes Leben.

Gerti

Gerti singt.

Gerti singt schön.

Gerti singt oft und gern.

Sie singt hoch und tief.

Sie singt laut und leise.

Sie singt für die Mama.

Sie singt für den Papa.

Sie singt für die Oma.

Gerti singt zuhause und in der Kirche.

Sie singt alleine und im Chor.

Gerti kann gut singen.

Sie kennt viele Lieder.

Gerti liebt Musik.

Gerti hört Musik.

Gerti macht Musik.

Gerti lernt die Noten.

Sie kennt die Noten.

Gerti lernt Flöte.

Sie übt jeden Tag.

Gerti lernt Klavier.

Sie übt sehr viel.

Gerti lernt Akkordeon.

Sie übt gern und oft.

Gerti spielt sehr schön.

Sie spielt laut und leise.

Sie spielt hoch und tief.

Sie spielt alles richtig.

Sie spielt für die Mama und für den Papa.

Und sie spielt auch für die Oma.

Gerti spielt zuhause und in der Kirche.

Gerti spielt alleine und in der Gruppe.

Alle lieben Gertis Musik.

Gerti hat Talent.

Gertis Leben ist die Musik.

Gerti studiert Musik.

Sie hat ein Konzert.

Da bekommt Gerti Applaus.

Gerti bekommt immer viel Applaus.

Gerti ist glücklich.

Gertis Mama ist glücklich.

Und Gertis Papa ist glücklich.

Gertis Oma ist auch glücklich.

Gerti wird Musiklehrerin.

Sie hat ein Haus.

Da ist ein Zimmer.

Es ist ein Musikzimmer.

Alle Kinder kommen.

Sie lernen von Gerti.

Sie lernen Flöte, Klavier und Akkordeon.

Sie lernen viel.

Sie spielen brav.

Sie spielen schön.

Sie spielen in der Gruppe.

Sie spielen ein Konzert.

Sie bekommen auch Applaus.

Die Kinder sind glücklich.

Gerti ist glücklich.

Dann kommt Hans.

Er will Gerti heiraten.

Gerti will Hans auch heiraten.

Sie sind glücklich.

Sie singen gemeinsam.

Dann bekommt Gerti ein Baby.

Gerti arbeitet weiter als Musiklehrerin.

Sie singt und spielt sehr gerne.

Sie singt und spielt so gut.

Sie singt und spielt wunderschön.

Und sie ist eine tolle Musiklehrerin.

Auch die Kinder singen und spielen sehr gerne.

Die Kinder singen und spielen sehr gut.

Die Kinder singen und spielen sehr schön.

Sie haben ein Konzert.

Sie bekommen viel Applaus.

Alle hören gerne zu.

Es ist schön.

Gertis Leben ist sehr schön.

Gertis Leben ist glücklich.

Gertis Leben ist die Musik.

Gertis Musik macht alle glücklich.

Lisa

Lisa ist ein glückliches Kind.

Lisas Familie wohnt in einem kleinen Dorf.

Lisa wohnt bei der Kirche.

Lisa kennt alle.

Alle kennen Lisa.

Das ist schön.

Lisas Papa hat einen Hof.

Er hat Felder und einen Traktor.

Lisas Mama hat einen Garten.

Sie hat auch Kühe und Schweine, Enten und Gänse.

Lisa hat 2 Schwestern: Greta und Titi.

Lisa kommt in die Schule.

Sie lernt viele wichtige Dinge.

Sie liebt Mathematik.

Sie ist lieb und lustig.

Sie ist ein mutiges Mädchen.

Dann geht sie in eine Handelsschule.

Lisa wird eine Dame.

Sie ist modisch.

Sie ist elegant.

Sie lernt tanzen.

Das ist eine schöne Zeit.

Die Schule endet.

Lisa hat Arbeit.

Sie geht ins Büro.

Sie liebt ihre Arbeit.

Greta lernt Auto fahren.

Lisas Papa kauft ein Auto.

Die drei jungen Damen fahren mit dem Auto.

Alle schauen.

Das ist sehr interessant.

Sie sind sehr schön.

Sie sind sehr lustig.

Das Leben ist schön.

Da stirbt Lisas Papa.

Alle sind sehr, sehr traurig.

Lisa weint immer. Greta weint viel. Titi weint auch.

Lisas Mama weint sehr viel.

Da kommt Rudi.

Er ist jung und schön.

Er liebt Lisa.

Er küsst sie.

Lisa ist schwanger.

Oh, Gott!

Sie hat Angst.

Lisa muss schnell heiraten.

Sie muss mitten im Winter heiraten.

Lisa und Rudi heiraten im Schnee.

Im Mai kommt das Baby.

Lisa ist Mutter. Sie ist sehr glücklich.

Rudi ist Vater. Er ist auch glücklich.

Lisas Mama ist die Oma.

Sie ist auch sehr glücklich.

Greta und Titi sind die Tanten.

Sie sind sehr glücklich.

Lisa liebt ihr rosa Baby.

Alle lieben das rosa Baby.

Rudi ist Bauer.

Er hat einen Hof.

Er hat Felder.

Er hat einen Traktor.

Er liebt seine Arbeit.

Lisa muss viel lernen.

Sie lernt Auto fahren.

Sie lernt Traktor fahren.

Sie lernt kochen.

Sie lernt Torten backen.

Sie lernt alles für Rudi.

Sie arbeitet im Haus.

Sie arbeitet im Hof.

Sie arbeitet am Feld.

Sie arbeitet sehr gern.

Sie ist immer lustig.

Dann hat Lisa zwei Buben.

Nun hat sie drei Kinder:

eine Tochter und zwei Söhne.

Sie ist eine glückliche Frau.

Sie liebt ihre Kinder sehr.

Sie ist eine sehr gute Mutter.

Sie tut alles für ihre Kinder.

Lisas Leben ist schön.

Das Leben ist schnell.

Die Kinder sind groß.

Lisa wird Oma.

Da ist sie sehr glücklich.

Sie bekommt zwei Enkelkinder.

Sie liebt die zwei kleinen Mädchen.

Sie ist eine gute Oma.

Sie tut alles für ihre Enkelkinder.

Sie tut alles für ihre Kinder.

Sie tut alles für ihren Mann.

Die Familie ist ihr Leben.

Die Familie ist immer im Dorf.

Sie liebt auch ihr Dorf.

Sie kennt alle und alle kennen sie.

Lisas Leben ist ein schönes Leben.

Lisas Leben war ein schönes Leben.

Marta

Marta mit den roten Lippen
Marta hatte rote Lippen.
Marta hatte schöne rote Lippen.
Sie hatte immer rote Lippen.
Sie hatte einen Lippenstift.

Wer ist Marta?
Wer war Marta?

Marta war ein liebes Kind.
Marta war eine gute Schülerin.
Marta war eine schöne Frau.
Marta war eine gute Lehrerin.
Dann war Marta Ehefrau.
Marta war Mutter.
Marta war Großmutter.

Wie war Marta?

Marta hatte immer rote Lippen.

Marta hatte ein lautes Lachen.

Und Marta hatte ein großes Herz.

Was wissen wir von Marta?

Marta konnte vieles.

Sie konnte singen.

Sie konnte stricken.

Marta konnte nähen.

Sie konnte basteln.

Sie machte sich schöne Ketten.

Sie machte alle Geschenke selbst.

Sie hatte viele Ideen.

Sie war immer lustig.

Sie war immer dabei.

Mit Marta war immer etwas los.

Mit Marta war es immer lustig.

Marta war Turnlehrerin.

Sie war alt.

Aber sie war Turnlehrerin.

Sie hatte einen Rollator.

Aber sie war die Turnlehrerin.

Die Damen turnen.

Marta sagt: 1, 2, 3, 4, 5, 6, 7, 8.

Stopp.

Und noch einmal. 1, 2, 3, 4, 5, 6, 7, 8.

Bravo.

Und noch einmal, meine Damen.

Eins, zwei, drei, vier, fünf, sechs, sieben, acht.

Die Damen sind müde.

Marta lacht und sagt:

Das ist gut. Das tut gut.

Marta war eine lustige Turnlehrerin.

Marta hatte auch da rote Lippen.

Dann ist Marta sehr, sehr traurig.

Ihre Lippen sind weiß.

Martas Tochter ist tot.

Marta weint.

Es ist schrecklich.

Marta betet.

Marta denkt: Ich muss stark sein.

Ich habe einen Enkel.

Er liebt mich.

Er braucht mich.

Ich liebe ihn.

Ich will stark sein.

Und Marta ist stark.

Sie macht ihr Herz auf.

Sie macht ihr Herz für alle auf.

Sie hat Liebe für alle.

Sie redet mit allen.

Sie hilft allen.

Sie sagt: Jetzt bin ich für alle die Oma.

Und sie ist die Oma für alle.

Alle im Dorf haben nun eine Oma.

Es ist sehr schön mit Marta.

Es war sehr schön mit Marta.

Sie war eine gute Oma für alle.

Sie war eine gute Lehrerin für alle.

Sie war eine tolle Frau.

Marta mit den roten Lippen.

Danke, Marta!

Rosa

Rosa ist eine junge Frau.

Sie ist eine schöne Frau.

Sie ist Krankenschwester.

Sie ist Kinderkrankenschwester.

Sie arbeitet im Krankenhaus.

Dort lernt sie einen Arzt kennen.

Er ist klug.

Er ist interessant.

Er ist elegant.

Rosa ist verliebt.

Sie sind verliebt.

Sie heiraten.

Sie bauen ein Haus.

Sie bauen ein schönes, großes Haus.

Sie bauen das Haus am See.

Sie bauen das Haus im Dorf am See.

Sie haben alles.

Alles ist so schön.

Alles ist perfekt.

Sie haben einen schönen, großen, grünen Garten.

Sie haben zwei Autos.

Sie haben zwei schnelle, schöne Autos.

Dann bekommen sie ein Baby.

Sie sind sehr glücklich.

Das Leben ist sehr schön.

Sie gehen gemeinsam in die Oper.

Sie gehen gemeinsam ins Theater.

Sie gehen gemeinsam ins Museum.

Sie gehen gemeinsam ins Kino.

Sie gehen gemeinsam ins Konzert.

Sie gehen tanzen.

Sie treffen Freunde.

Sie gehen essen.

Sie reisen.

Sie haben ein schönes Leben.

Sie lieben das Leben.

Sie haben gute Jahre.

Sie haben viele gute Jahre.

Sie haben viele schöne Jahre.

Dann wird alles anders.

Rosas Mann denkt anders.

Er vergisst.

Rosa fragt einen Arzt.

Der Arzt sagt: Er ist krank.

Er hat Demenz.

Der Arzt sagt:

Er vergisst langsam.

Er vergisst immer mehr.

Dann vergisst er alles.

Rosa ist traurig.

Sie weint.

Was kann sie machen?

Sie denkt nach.

Sie weiß es.

Sie kann da sein.

Sie kann lieb sein.

Sie kann mit ihm reden.

Sie kann mit ihm spielen.

Sie kann mit ihm lesen.

Sie kann mit ihm lachen.

Sie kann mit ihm essen.

Sie kann viel mit ihm machen.

Sie macht alles mit ihm.

Sie macht alles für ihn.

Es ist schwer.

Es ist traurig.

Sie haben schwere Jahre.

Sie haben viele schwere Jahre.

Aber Rosa ist stark.

Sie hat viel Liebe für ihren Mann.

Die Liebe macht sie stark.

Die Liebe gibt Kraft.

Sie braucht die Kraft.

Sie braucht viel Kraft.

Sie hat viel Kraft.

Rosas Mann ist sehr arm.

Das Leben geht zu Ende.

Das Leben ist zu Ende.

Rosa ist immer da.

Rosa war immer da.

Sie ist sehr, sehr traurig.

Sie ist sehr lange sehr traurig.

Arme Rosa!

Aber sie ist nicht allein.

Sie hat eine Tochter.

Sie hat eine kleine Enkelin.

Sie hat Freundinnen und Freunde.

Alle lieben sie.

Das ist gut.

Das tut gut.

Rosa fasst wieder Mut.

Rosa fasst wieder neuen Mut.

Rosa hat wieder Mut.

Sie hat wieder Mut zum Leben.

Gott sei Dank!

Sie beginnt wieder zu leben.

Sie beginnt langsam wieder zu leben.

Sie geht ins Kino.

Sie geht ins Theater.

Sie geht ins Museum.

Sie geht in die Oper.

Sie geht essen.

Sie kocht für ihre Freundinnen.

Sie redet und lacht wieder.

Gott sei Dank!

Rosa hat wieder Energie.

Sie hat wieder Ideen.

Sie hat wieder Pläne.

Sie hat wieder Wünsche.

Sie hat wieder Freude am Leben.

Gott sei Dank!

Sie macht Sport.

Sie schwimmt jeden Tag.

Sie schwimmt jeden Tag 30 Minuten.

Sie schwimmt im kalten Wasser.

Das macht sie fit.

Und sie turnt jeden Tag.

Das macht sie auch fit.

Gott sei Dank!

Sie ist schlank und fit.

Sie ist schön und sehr aktiv.

Sie liebt das Leben wieder.

Sie hat wieder ein gutes Leben.

Sie hat wieder ein schönes Leben.

Gott sei Dank!

Rosa will alles wissen.

Rosa will Neues lernen.

Sie lernt Geige.

Das ist sehr schwer.

Aber Rosa übt.

Sie übt jeden Tag.

Es wird besser.

Sie spielt schon gut.

Sie spielt schön auf der Geige.

Und nun?

Nun ist Rosa 80 Jahre alt.

Sie hat wieder eine Idee:

Sie will stricken lernen.

Und sie wird stricken lernen.

Rosa hat immer gute Ideen.

Sie hat immer wieder gute Ideen.

Gott sei Dank!

.

Zeitfracht Medien GmbH
Ferdinand-Jühlke-Straße 7
99095 Erfurt, Deutschland
produktsicherheit@kolibri360.de